Namorada Dominante

Coleção Dominação Erótica

Erika Sanders

ERIKA SANDERS

Namorada Dominante

Erika Sanders
Serie
Coleção Dominação Erótica

Sinopse

Após anos de ausência, Andrew se reencontra com sua ex-namorada querendo se reconciliar.

Mas ela não é mais a mesma ... e é rancorosa e magoada com ele.

Andrew aceitará a nova e mais confiante Veronica? O que ela fará para se vingar de sua traição?

Namorada Dominante é um romance com forte conteúdo erótico de BDSM e, por sua vez, um novo romance pertencente à coleção Erotic Domination, uma série de romances com alto conteúdo de BDSM romântico e erótico.

(Todos os personagens têm 18 anos ou mais)

Nota sobre a autora

Erika Sanders é uma conhecida escritora internacional, traduzida para mais de vinte línguas, que assina os seus escritos mais eróticos, longe da sua prosa habitual, com o seu nome de solteira.

Indice

NAMORADA DOMINANTE
ERIKA SANDERS

CAPÍTULO 1

Ela não podia acreditar que ele tinha entrado em seu bar ...

SEU BAR !!

Cem bares nesta cidade, e ele tinha que ir ao dela.

Idiota!

Sim, ele tinha partido o coração dela ...

Ele a trocou por aquela loira magra e elegante.

Mas ela não estava sentada chorando.

Merda, merda!

Verônica deixou o bar para ficar na frente dele.

Suas mãos se moveram para descansar em seus quadris ...

Ela não era uma garota magra.

Não, ele tinha pernas fortes, quadris e ombros largos.

Seus olhos verdes olharam para ele.

Uma mecha de cabelo ruivo havia caído de seu rabo de cavalo.

Ela balançou o rosto irritada.

Ele manteve a cabeça baixa, os cotovelos apoiados no balcão, enquanto olhava para um copo de refrigerante.

"Andrew!" Ela grunhiu.

Sua cabeça se levantou lentamente.

Uma barba de dois dias cobria seu rosto.

Havia linhas irregulares naquele rosto, que não existiam antes.

O cabelo castanho estava despenteado.

Seus olhos encontraram os dela, então vagaram culpados.

A raiva queimou quente e crua em seu peito.

De repente, sua mão caiu de seu quadril e ela bateu com força na bochecha dele.

Ela bateu nele com tanta força que ele virou a cabeça.

O bar ficou em silêncio enquanto todos se viravam para olhar.

Robert se apressou.

"O que você está fazendo, Verônica?" Ele sibilou, furioso.

Tecnicamente, era o seu bar, ela trabalhava lá.

Mesmo assim, Andrew não tinha o direito de entrar aqui ... não depois do que tinha feito.

Verônica voltou seus olhos ardentes para Robert, pronta para atacá-lo.

"Está tudo bem, Robert." Andrew disse, levantando a mão.

Com a outra, ele esfregou o queixo.

Uma mancha vermelha brilhante apareceu em sua bochecha.

"Ela tem o direito de estar com raiva. Eu fui um idiota."

"Você acredita nisso?!!" Ela bufou. "Por que você está aqui, Andrew?"

"Vim pedir desculpas, Verônica." Ele deu a ela um olhar triste, finalmente encontrando seus olhos. "Eu preciso fazer as pazes."

"Oh, agora você sente ... Agora você sente? !!" Suas narinas dilataram-se e ela cambaleou, pronta para atacar novamente.

"Vá relaxar, Verônica." Robert disse, apontando para o corredor dos fundos. "Talvez você deva ir, Andrew."

Verônica ficou firme, olhando para os dois.

Andrew pegou sua jaqueta de couro no encosto do banco.

"Eu fui estúpida, Verônica, realmente estúpida!" Ele disse, recuando. "Eu preciso falar com você. Estou sóbrio agora."

Ele se virou, indo para a porta, suas botas de montaria batendo no chão.

Vero não relaxou até que ouviu o zumbido do motor de uma motocicleta sendo acionado no estacionamento.

CAPÍTULO 2

O cascalho rangia sob suas botas enquanto Verônica se dirigia para o carro.

Era seu bebê, o velho Chevy 79, prateado e cromado.

O Honda de Robert estava estacionado nas proximidades.

Os dele foram os únicos veículos restantes no estacionamento do bar.

Eu estava exausto depois do trabalho ... e todo aquele drama com Andrew.

Um movimento à esquerda chamou sua atenção.

Uma forma sombria ... fora do anel projetado pela luz do estacionamento.

Ele estava se aproximando dela.

"PARE!" Ela gritou.

A figura continuou a se mover em sua direção ...

Uma forma volumosa, movendo-se com propósito.

Abaixando-se, ele enfiou a mão no porta-luvas do caminhão e puxou a pistola que mantinha escondida ali para esse tipo de situação.

Então, em um segundo, ele tinha seu Smith e Wesson de 9 milímetros e o braço estendido ...

A mão estava apoiada no capô do caminhão.

O som da arma carregando ecoou pelo estacionamento vazio.

"Ah Merda!" Andrew sibilou, meio congelado. "Oh Deus! Não atire em mim, Vero!"

Ao som de sua voz, ela abaixou a arma, a adrenalina correndo em suas veias.

Ela o estudou enquanto esvaziava a bala da câmara.

Não havia sinal de sua motocicleta aqui ... ele devia estar um pouco mais adiante na rua.

Ela enfiou a arma no cós da calça jeans.

Ele não disse outra palavra, até que o salvou.

Ele se moveu em direção a ela, em direção à luz.

"Esta de volta." Foi uma declaração descontente com os lábios firmemente franzidos. "Você não deveria perseguir as pessoas no escuro, Andrew."

"Não me diga!" Ele fez uma careta, olhando para ela com cautela. "Mas Verônica, eu realmente preciso falar com você ..." Ele olhou nervosamente para a porta do bar.

Robert sairia a qualquer minuto.

Andrew sabia que o homem não ficaria muito feliz em vê-lo de volta aqui.

"Eu não tenho nada para falar com você." Ela rosnou "A menos que você queira que eu te bata, de novo."

"Você pode fazer isso se quiser ..." Ele disse tão baixinho que ela mal o ouviu.

"Do que?"

"Eu disse ... Você pode me bater de novo, se quiser também." Um pouco mais alto desta vez.

Vero o encarou por um longo momento, então deu a volta na caminhonete até onde ele estava.

Ela jogou a mão no rosto dele com um ruidoso WHAM!

Ele ficou parado, absorvendo o golpe, os olhos fechados.

De repente, ela levantou a mão sobre sua jaqueta aberta, agarrando seu pescoço cheio de músculos.

Sua mão estava exatamente onde seu pescoço e ombro se encontravam.

"Ajoelhe-se e diga que sente muito." Ela sibilou as palavras.

A mão dela o puxava.

Andrew hesitou por uma fração de segundo, então seus joelhos bateram no chão.

O cascalho pressionou o jeans contra sua pele.

Ele olhou para ela na luz.

"É isso que você quer? Eu de joelhos?" Eu pergunto.

Ela assentiu em silêncio, a fúria escurecendo seus olhos.

Dando um passo à frente, ela chutou os joelhos dele com a ponta da bota para afastá-los ainda mais.

Ele se abaixou para passar uma mão pelo cabelo dela, então ela agarrou um punhado e puxou a cabeça para trás.

"Diga então ... Diga que você está arrependido agora." Ela falou em um tom baixo e rouco.

"Sinto muito, Verônica" Veio sua resposta murmurada, enquanto segurava um soluço sem fôlego.

Por um segundo, parecia que ela poderia beijá-lo.

Mas ela pensou melhor e se afastou, soltando-o.

Ele gemeu com a ausência dela, sentindo falta daquele beijo.

Mas ele também ficou quase surpreso com as palavras jogadas por cima do ombro

"Siga-me para casa."

CAPÍTULO 3

Sua casa ainda era o trailer, estacionado na beira do deserto em um terreno de cinco acres.

O luar era tão forte que lançava sombras na paisagem.

Ela estacionou a caminhonete e observou a Harley dele dirigir até o estacionamento.

Um toldo estendia-se na frente do velho motorhome renovado, lançando uma sombra escura.

Movendo-se em direção à porta, ela o deixou para segui-lo em seu caminho.

Andrew parou para olhar ao redor.

Essa costumava ser sua casa.

Ela o manteve bem.

Há três anos ...

As memórias o atingiram como um soco.

Ele quase caiu de joelhos ...

Tudo o que ele parecia saber fazer era lutar, algum tipo de luta pelo poder, constantemente.

Ele costumava festejar muito com o pessoal do motoclube.

Ela estava trabalhando no bar.

Havia uma loira boba atrás dele sempre que podia.

Verônica estava com raiva.

Ele estava dizendo a ela para relaxar, para confiar nele.

Ela queria que eu dissesse à menina para se perder ...

Disse que era seu dever fazer isso ... para que a cadela soubesse que ele não estava disponível no mercado.

Ele nunca disse a ela que nada estava acontecendo com aquela garota.

Ele apenas insistiu que ela confiasse nele, disse-lhe para não se preocupar.

Mas uma noite, as coisas pioraram.

Outra grande briga, Verônica chorando na pequena cozinha.

Ele estava bêbado novamente.

Ela puxou os papéis do trailer de uma pasta e ele os entregou a ela ... jogou-os sobre a mesa.

Então ele arrumou suas mochilas e saiu para a noite.

Estúpido!

Ele a deixou aqui, sozinha ...

Tão longe de seus amigos e familiares.

Pegando as estradas secundárias, levou duas semanas para chegar ao estado de Washington.

Então, ele ainda estava bravo com ela.

Ele conseguiu um emprego como lenhador.

Demorou cerca de três meses para perceber o erro que cometeu ...

Sim, ele era muito burro.

Assim que percebeu ... o que realmente tinha feito, ficou com vergonha de ir para casa, ou mesmo ligar.

Levou três anos para decidir pelo menos tentar voltar para casa.

'Não estou fazendo nada aqui' pensou, vendo as luzes se acenderem no trailer ...

Mas havia algo lá, quando ele se ajoelhou para ela esta noite ... certo?

Ele tinha entendido mal aquele olhar de desejo em seus olhos?

Ele foi até a porta e bateu.

CAPÍTULO 4

Um abafado "Entre" soou de dentro.

Com o coração na garganta, Andrew abriu a porta de metal e subiu as escadas.

Vero estava sentado quase no mesmo lugar onde ela estava na noite em que ele foi embora ...

Só que agora ela não estava chorando.

Agora, ela estava com os braços cruzados, olhando para ele com um olhar de pedra.

Sim, tinha ficado mais difícil nos últimos anos ... Não havia dúvida disso!

Um par de algemas foi colocado sobre a mesa.

Ele olhou para eles com curiosidade.

Ela sempre foi dominante ... agressiva até, mas nunca perversa.

Seu pênis começou a latejar forte em seu jeans desbotado.

Eles eram muito apertados para esconder qualquer coisa.

Ela olhou para sua virilha com uma sobrancelha levantada.

"Você foi embora há muito tempo, Andrew."

Não havia nenhum traço do sorriso doce que costumava iluminar aquele rosto sardento e beijado pelo sol.

"Ele era um idiota", disse ela, imaginando quantas vezes mais ela teria que dizer isso.

"Foi? Algo mudou?" Um olhar muito duro.

"Sim ... eu cresci. Eu percebi o quanto eu te amo, o quanto eu preciso de você."

Talvez tenha sido uma má ideia voltar.

Talvez ela nunca o aceitasse novamente ...

Eu nunca o perdoaria.

"A prostituta loira deixou você? É por isso que você está rastejando para mim?"

"Eu nunca estive com aquela garota, Verônica. Ela desligou na minha cara. Eu ... eu deveria ter te contado. Eu deveria ter falado para ela sumir ..." Ele se sentia exausto e triste.

"Do que?" Ela franziu o cenho. - Que diabos, Andrew ... Todas aquelas brigas que travamos, você nem estava com ela? Por quê?

"Eu queria estar com você ..." Ele baixou o olhar e colocou-o em sua bota no chão.

"NÃO!!" Ela rugiu. "Quero dizer ... por que você não me disse que não estava com ela? !!"

Ela se levantou do banco e colocou o punho na frente da camisa dele.

Ele não teve que olhar muito longe para fazer contato visual.

Ele era apenas alguns centímetros mais alto que ela.

Ela o empurrou para trás, e ele perdeu o equilíbrio, agarrando-se ao balcão.

Ofegante, ele recuperou o equilíbrio, mas estava aberto para o que ela quisesse, sem fazer um único movimento para escapar de seu alcance.

Três anos atrás, ele se afastou dela e foi embora.

Mas ela o estava tocando agora ... isso era o suficiente para ele.

Sua respiração engatou quando ele olhou para baixo.

Ela estava lá novamente, com aquela luxúria em seus olhos.

Seu peito subia e descia rapidamente.

Ela olhou para ele ...

Um visual desafiador.

Ele sustentou o olhar dela por alguns segundos, então desviou o olhar ... cedendo.

Eu nunca fiz isso.

Uma sensação de zumbido o encheu e ele se sentiu tonto.

Olhando para trás com os punhos na mesa, ele estremeceu.

"Foi estúpido ... pura estupidez ..." ele disse, voltando os olhos para os dela ... tentando deixá-la ver seu coração.

O rosto dela suavizou um pouco e ela largou a camisa dele ... voltou para a mesa e se sentou com um suspiro.

"Onde estava esse tempo todo?" Ela não estava olhando para ele ... ela estava olhando pelas janelas escuras do trailer.

"Washington ... Lenhador." Ele sabia o quão louco isso devia soar para ela.

"Por quê?" Ela franziu a testa novamente, parecendo mais confusa do que com raiva.

"Porque eu estava pasmo ..."

"Eu sei ... eu ouvi você nas primeiras seis vezes! Você foi estúpido e um idiota ... eu entendi!" Ela estava com raiva novamente. Seus olhos verdes piscando ... "Mas por três anos, Andrew?"

"Eu não sabia como dizer que sentia muito, até agora." Ele murmurou, espalhando as mãos.

Ela teve que se inclinar para frente para ouvi-lo, então se recostou no assento e assentiu distraidamente.

Dois minutos inteiros de silêncio se passaram.

Andrew ficou muito quieto, esperando que ela terminasse de pensar.

De repente, sua voz quebrou o silêncio.

"Você poderia se ajoelhar para mim novamente, Andrew?" Ela se virou para ele, o desejo escuro novamente em seus olhos.

Engolindo em seco, ele se ajoelhou novamente, mantendo os olhos baixos.

A dureza de sua ereção era dolorosa e ele estava quente de vergonha.

Ele a ouviu se levantar e viu suas botas entrarem em sua linha de visão.

Mais uma vez, ela chutou seus joelhos e ele ouviu um gemido.

Demorou um segundo para perceber que o som vinha de sua própria garganta.

"Tire sua camisa." Ela disse que as palavras secas eram como facas abaixadas.

Desabotoando rapidamente botões suficientes para a camisa deslizar sobre sua cabeça, Andrew primeiro puxou-a do cós da calça com cinto.

E então ela o puxou, bagunçando ainda mais o cabelo.

Antes que ele pudesse descobrir o que fazer com a camisa, ela a pegou de suas mãos e a jogou em um dos assentos do trailer.

Ela caminhou ao redor dele, passando a mão sobre seus ombros rígidos e costas.

"Droga, Andrew ... você realmente ficou muito forte ..."

Ele tinha músculos muito fortes, obtidos em árduo trabalho manual como lenhador.

Ela voltou na frente dele e passou a mão pelos cabelos cacheados castanhos claros em seu peito.

Em seguida, sua mão circulou um de seus mamilos pequenos, e então ele apertou com força entre as pontas dos dedos.

Ele grunhiu, fazendo uma careta, desacostumado à dor aguda e penetrante.

Ela nunca tinha sido assim antes ...

Eles sempre tinham fodido como pessoas normais, e tinha sido bom.

Eles também fizeram oral, fizeram os dois se sentirem bem ...

Mas isso ... isso deixou seu coração disparado e seu cérebro fora de controle.

Ela beliscou o outro mamilo e ele fez aquele gemido novamente.

Ele bateu a cabeça em algum lugar?

Isso foi um sonho?

A dor que estourou, quando ela empurrou ambos os mamilos, e o trouxe de volta à realidade.

Soltando um grito rouco, ele sugou o ar para o peito e começou a alcançar o balcão ... para se levantar.

O que ela estava fazendo?

Uma mão pressionou seu ombro e ela agarrou um punhado de cabelo, puxando a cabeça para trás novamente.

"Se você se levantar, sem a minha ordem, você estará caminhando em direção àquela porta ... Você entendeu?"

Ela falou devagar enquanto se inclinava em direção ao ouvido dele.

Ele acenou com a cabeça e caiu de joelhos novamente.

Puta merda, o que estava acontecendo?

Abruptamente, ela se afastou dele, de volta à mesa.

Ummm, que bunda linda ...

Mas ela foi distraída por um tilintar de metal, enquanto pegava as algemas da mesa.

Ah Merda!

Seu pau latejava loucamente e, por um segundo, ele pensou que poderia hiperventilar.

"Levante-se e vire-se." Ela disse.

Havia uma espécie de confiança silenciosa em sua voz agora.

Isso foi algo novo

Ele se levantou e se virou, esperando.

"Coloque as mãos atrás do pescoço, Andrew"

Ele disse isso como se ela tivesse certeza que ele iria ... e ele disse, mesmo entrelaçando os dedos.

Mas, quando o metal fechou em torno de seu pulso esquerdo, ele ficou um pouco assustado.

CAPÍTULO 5

"Você tem as chaves para isso, Verônica?"

Ele tentou olhar para ela por cima do ombro.

Ela o ignorou, enquanto segurava a outra algema em seu pulso direito.

Então, de pé na frente dele novamente, ela puxou um colar que pendia de seu pescoço.

Eu não tinha percebido isso antes.

A corrente estava pendurada dentro do decote de sua camiseta "Robert's Bar".

Ele o tirou e mostrou algumas pequenas chaves para as algemas que estavam penduradas no final da corrente.

Ele acenou com a cabeça, suspirando de alívio e ficou surpreso com o sorriso que apareceu em seus lábios.

"Quantos meninos você prendeu assim, Vero?" Ele perguntou, engolindo.

"Você é o meu primeiro", disse ela pensativamente.

"Então por que você estava carregando as chaves?" Ele se sentiu desconfortável fazendo essas perguntas, enquanto estava algemado,

"Eu estive esperando o cara certo aparecer." As palavras soaram mais como um pensamento do que uma resposta ...

Deus, tudo isso era tão confuso ... mas tão emocionante!

Ele tinha vindo aqui para se desculpar com ela ... mas quem era essa mulher agora?

O formigamento quente em suas bolas disse a ele que quem quer que ela fosse tinha sua atenção total.

"Vamos para o quarto." Ela afirmou, enquanto sua mão deslizava sob o cinto na parte de trás de sua calça jeans, para guiá-lo.

Ela o empurrou pelo corredor estreito.

Para passar pelo espaço apertado, ele teve que dobrar os cotovelos em torno da cabeça.

Ele foi empurrado pela porta do quarto.

A cama estava cuidadosamente feita, o quarto arrumado, exceto por dois objetos que chamaram sua atenção.

Na colcha havia uma revista e um vibrador rosa.

A revista o fez parar abruptamente, e ela quase tropeçou em suas costas.

Na capa estava um homem de joelhos, uma mordaça redonda preta amarrada à boca.

Uma corda cruzou o corpo do homem, prendendo seus braços firmemente contra seu torso.

Algum tipo de metal estava segurando cada mamilo.

"Escravo para seu prazer" apareceu no topo da página.

Ele congelou, até que ela o contornou, varrendo a revista e o vibrador da cama.

"Oh, pelo amor de Deus ... É só pornografia!"

Ela parecia irritada, enquanto eu jogava na gaveta do criado mudo.

Sua garganta estava trabalhando para encontrar as palavras certas, mas ele estava muito atordoado ...

Espantado que sua doce Verônica pudesse ter algo assim.

O calor a encheu, e a imagem do homem amarrado foi gravada em seu cérebro.

Um puxão forte contra seu braço o trouxe de volta à realidade.

"Fique na frente da cama, Andrew."

Assim que ele estava de costas para a cama e as algemas estavam quase tocando a estrutura, Verônica começou a trabalhar em seu cinto.

Quando ela o desabotoou, os nós dos dedos roçaram a pele quente de sua barriga.

Uma linha de cachos suaves e escuros traçou o centro de seu abdômen, deslizando para dentro de sua calça jeans.

Ela observou com satisfação, enquanto os músculos se contraíam quando tocados e sua respiração parava.

Lentamente, ele desabotoou a calça dela e a baixou.

O contorno de seu pênis grosso estava do lado de sua braguilha, em uma cueca de algodão preta que a segurava confortavelmente.

Havia uma área úmida na ponta dessa protuberância.

Ela sentiu uma onda de calor percorrê-la quando o viu.

Isso seria muito melhor do que olhar revistas e sites!

Rapidamente, ela puxou as calças até os tornozelos.

Então ele começou a puxar a calcinha de seus quadris ...

Com cuidado para evitar tocar o pau que se projetava do confinamento de sua roupa, ela empurrou a calcinha para baixo para ficar com seu jeans.

Levantando-se, ela levantou os braços algemados sobre sua cabeça, trazendo-os para descansar na frente de seu corpo.

"Apenas relaxe." Ela ordenou, enquanto o empurrou rudemente de volta na cama.

"Subir."

Braços cruzados, ela o viu se esticar desajeitadamente na cama.

Foi uma tarefa difícil com as mãos e os pés prejudicados.

Uma vez que ele estava posicionado de acordo com seu gosto, ela se moveu para o lado dele, colocando a mão na barriga tensa.

"Coloque as mãos na cabeça."

A cama era em uma plataforma feita à mão com uma cabeceira embutida.

A cabeceira da cama continha grades de metal.

Veronica, com seu amigo carpinteiro Cliff, tinha feito isso há um ano.

Ela adorou ... mal podia esperar para finalmente usá-lo como originalmente pretendia.

Quantas noites ele sonhou com isso?

Ele tirou as botas, subiu na cama e montou em seu peito.

Ele puxou a corrente de sua camisa e se inclinou para frente, sobre o rosto dela, abrindo um punho.

Em seguida, a algema passou por um dos trilhos de metal e recolocou-a em seu pulso.

Andrew esfregou o rosto contra seus seios enquanto eles deslizavam sobre ela.

Rosnando, ela se inclinou para trás e bateu com força no rosto dele, pela terceira vez naquela noite.

"Eu disse para você fazer isso?" Ela perguntou, olhando para ele.

Ele balançou a cabeça ligeiramente, mas não parecia lamentar.

Tomando um mamilo, ele torceu com força.

Seu corpo estremeceu sob ela e ele gemeu.

Ela estendeu a mão para o outro, e ele tentou se afastar ...

"Está bem!" Ofegante. "Desculpe ... eu não vou fazer isso de novo."

Ele lambeu um lábio nervosamente, mas quando ela deslizou para trás, seu jeans roçou rudemente contra seu pau duro.

Ela olhou para si mesma e depois para ele.

Seu olhar mudou, como se estivesse envergonhado.

Olhando para baixo, ele se dirigiu para a porta do quarto.

"Vou tomar um banho. Estou com o cheiro do mesmo bar."

Ela se virou para olhar para ele novamente ... algemado à cama, nu exceto pelas roupas emaranhadas em seus tornozelos e suas botas de motoqueiro.

Seu pênis estava ereto e latejante, gotejando com pré-goma.

Um arrepio percorreu seu corpo, e desta vez seu grunhido foi de luxúria primitiva.

"Não vá a lugar nenhum".

E ele saiu com um sussurro rouco.

"Você não vai me deixar assim, não é, Verônica?" Ele perguntou com os olhos implorando.

Ela deu a ele um sorriso sádico e saiu da sala.

CAPÍTULO 6

Parecia uma eternidade, esperando ali, algemado à cama.

Andrew ouviu o som dela no chuveiro.

Por um momento, ele se perguntou se poderia sair das algemas, se quisesse.

Não, não foi possível.

Isso lhe deu alguns momentos de pânico, mas então ele se forçou a se acalmar ... e admitir que realmente não queria sair.

Ele pensou um pouco sobre isso e seu pênis flácido ganhou vida.

Ele gemeu e desejou que ela se apressasse ... sabendo que ela estava curtindo seu doce momento.

Finalmente, ela terminou de tomar banho e entrou no quarto em um manto branco macio.

Ele foi até uma gaveta e procurou.

Seu cabelo ruivo estava penteado e úmido caindo sobre os ombros.

Tirando algumas coisas da gaveta, ela saiu da sala novamente, nem mesmo olhando para ele.

A melodia que ela cantarolava chamou a atenção de seu ouvido.

Andrew a seguiu com o olhar.

Depois de se vestir, ele voltou para o quarto.

Ela usava uma camiseta branca justa e decotada que revelava seus seios fartos e cintura fina.

Com um par de shorts xadrez preto e branco, revelando uma barriga lisa e quadris cheios.

Ela mudou-se para o lado dele.

Com os nós dos dedos de uma das mãos, ele traçou a linha de sua mandíbula eriçada.

Ela ainda amava como com aqueles olhos vulneráveis.

Knuckles subiu para traçar seus lábios, e ela inseriu um dedo em sua boca.

"Chupe-os." Ela disse, levando um segundo dedo à boca.

Engolindo, ele chupou suavemente, envolvendo sua língua ao redor deles.

"Você precisa de uma palavra." Ela disse, bombeando os dedos para dentro e para fora da boca. "Uma palavra para me dizer se o que estou fazendo é demais ... se você realmente precisa que eu pare."

Ela arrancou os dedos de sua boca e ele lambeu os lábios.

"Você não fez nada que eu não possa suportar." Ele murmurou baixinho.

"Oh, nós realmente não começamos ainda, Andrew!" Ela disse com uma risada curta. "Diga-me uma palavra".

"Suavizando", disse ele, após um momento de hesitação.

Foi uma das poucas coisas que me ocorreram na época.

"'Suavizar' é, então ... Lembre-se disso, ok?"

Ela esperou até que ele assentisse, então se levantou e foi para uma mesa próxima.

A luz aumentou enquanto ele acendia algumas velas.

Pegando um frasco de óleo de bebê, ela estendeu a mão e derramou generosamente em seu peito e barriga.

Mais derramado em seu pênis e bolas.

Ele prendeu a respiração quando ela começou a espalhar o óleo sobre ele com mãos firmes.

Ela espalhou nos cabelos do peito.

Então, olhando em seus olhos, ela acariciou o óleo sobre seu pênis e bolas, circulando-o em seu ninho de cabelo.

"Tenho certeza que não preciso de uma palavra para parar com isso!" Ele disse com uma pequena risada.

Levantando uma sobrancelha, ela secou as mãos na toalha que carregava e se levantou.

Ela pegou uma vela branca que estava acesa sobre a mesa.

Tinha cerca de cinco centímetros de espessura.

Colocando-a no chão alguns metros acima de sua barriga, ela olhou para ele.

Ele engoliu em seco e estremeceu.

A vela inclinou-se lentamente sobre sua mão, e a cera quente derramou em seu abdômen.

"Ahhhh ..." ele gemeu, esticando o abdômen.

Ele engasgou por um minuto.

Ela observou, esperando até que ele chamasse sua atenção novamente.

Agora a vela estava em seu mamilo esquerdo.

Sua respiração veio em pequenas rajadas, seus olhos fixos na vela.

Um gemido, quando a cera respingou em seu mamilo e escorregou para o lado.

Olhando para baixo, Verônica ficou surpresa ao ver o quão duro seu pênis permaneceu.

Lentamente, ele abaixou a vela para pairar sobre aquele músculo latejante.

Mais uma vez, seus olhos o seguiram e se arregalaram.

"Nããão ... Nããão ... Não, Verônica, por favor !!" Ele ficou tenso contra os punhos, balançando a cabeça.

"Você tem uma palavra, lembra?" Ela perguntou, seu rosto duro. "Você vai usar isso?"

Ele ficou parado por um momento, olhando para ela.

Ele teria que dizer essa palavra, se quisesse que isso acabasse.

Balançando a cabeça, ele caiu de volta contra a cama.

Seus olhos se fecharam, seu rosto ficou vermelho.

Veronica ficou sentada segurando a vela, deixando mais cera crescer ... Esperando que ele olhasse para ela novamente.

Depois de um segundo, ele abriu os olhos.

"Pronto?"

A pergunta veio quando ela viu seu olhar fixo nela.

Na verdade, foi mais uma afirmação do que uma pergunta.

Empurrando as mãos para cima, ele agarrou os trilhos da plataforma mais próximos, segurando com força.

Então, ele acenou com a cabeça.

Segurando-o um pouco mais alto desta vez, ele inclinou a vela.

Lentamente, ele deixou escorrer para espirrar em seu pênis, escorrendo por suas bolas também.

Gota após gota caiu.

Gemendo e tremendo, sua cabeça caiu para trás quando as fortes sensações o atingiram.

Ela continuou pingando mais cera.

Agora em seus mamilos e abaixo em seu peito ... e em sua barriga novamente.

Seu torso estava coberto de cera branca ...

Quando seus olhos encontraram os dela, ele parecia atordoado e bêbado.

Sua expressão era suave agora.

Ele recolocou a vela no castiçal e se inclinou alguns centímetros acima do rosto dela.

Com a mão segurando um punhado de seu cabelo, ela finalmente deu aquele beijo na boca.

Abrindo os lábios para recebê-la, ele gemeu, permitindo que sua língua o invadisse.

O beijo foi invasivo e exigente.

Ofegante, ele a deixou levá-lo para onde quisesse.

Esse era um lado dele que ele nunca pensou que existisse.

Ele fez algo com ela, perfurando-a com fome crua.

Ele agarrou as chaves das algemas e se moveu rapidamente para destrancá-las.

Ele parecia confuso.

Ela o beijou novamente.

"Tire as botas e as calças", ela insistiu com a voz rouca.

Ele obedeceu rapidamente, enquanto ela se dirigia ao banheiro.

CAPÍTULO 7

Quando ela saiu da sala, ele rapidamente trabalhou para desembaraçar a bagunça de botas, jeans e boxers.

Ele ouviu a água correndo no banheiro.

"Limpe a cera de seu pau e bolas." Ela ordenou, voltando com um pano quente e uma toalha.

Ele ficou surpreso com a facilidade com que a cera saiu, com o óleo por baixo.

Ele olhou para ela com as pálpebras abaixadas, sua respiração suave, rapidamente seguindo seu comando.

Ele se sentiu tonto.

Ela foi até o armário enquanto ele se limpava.

Havia uma caixa de papelão empoleirada em uma das prateleiras, ela a ergueu, colocando-a em uma cadeira próxima.

Ele podia ver uma variedade de coisas estranhas lá dentro ... e algumas coisas ainda estavam nas embalagens.

A caixa o intrigou ...

Ele estava comprando essas coisas? Artigos de couro?

"Ajoelhe-se na cama." Ela ordenou, puxando algo da caixa.

Sua respiração se acelerou quando ele subiu na cama e se ajoelhou.

"Mãos ao lado do corpo."

Ele baixou as mãos, tremendo um pouco.

Isso foi tão louco ...

Ele tinha acabado de dizer que sentia muito pelo que havia acontecido.

Mas não havia como ele sair agora, de jeito nenhum!

E ela o beijou ...

Isso foi o suficiente para ele ficar.

Ele olhou para o que ela estava segurando ... era um colar de couro preto com cerca de cinco centímetros de largura, com um anel de metal na frente.

Ah Merda!

"Você vai colocar isso em mim?" Ele perguntou nervosamente, engolindo em seco.

Seu pênis latejava.

Um aceno solene foi sua resposta.

Com dois dedos, ele ergueu o queixo dela, e então ela prendeu o colar em seu pescoço.

Ele teve uma sensação de queimação que desceu para sua virilha.

Por que isso o estava excitando?

Recuando, ela o admirou com aqueles olhos cheios de luxúria verde.

O couro parecia opressor contra sua garganta.

Ele tentou olhar nos olhos dela, mas teve que fechá-los.

Ele baixou a cabeça, enrubescido de vergonha.

"Você é meu agora, certo Andrew?"

Ele podia sentir o corpo dela tão perto, enquanto ela sussurrava as palavras em seu ouvido.

Ele acenou com a cabeça, não confiando em sua voz.

Ela estendeu a mão para escovar a cera de seus mamilos, escovando as pontas com os dedos.

Arrepios se formaram em sua pele quando ele estremeceu sob seu toque.

De repente, ele se virou e voltou para a caixa.

Ela voltou com algum tipo de pulseira de couro.

Andrew engoliu em seco, mas ficou quieto, envolvendo grossas faixas de couro em volta das coxas.

Ela o fez se ajoelhar novamente, centrado na cama.

Em seguida, ela amarrou faixas em torno de seus pulsos e amarrou-os do lado de fora das faixas da coxa.

Ocasionalmente, ela parava em seu trabalho para olhar para ele com avidez.

Então ela se moveu atrás dele, ajustando as faixas ao redor de seus tornozelos.

Persuadindo-o a uma posição ajoelhada mais ampla, ela prendeu algumas correntes curtas de metal dos tornozelos às coxas em ambos os lados.

Agora, ele estava imobilizado.

Pulsos e tornozelos presos às coxas.

Mantido musculosamente apertado.

Ele lutou contra o pânico.

"Eu ainda tenho essa palavra, se precisar?" Ele perguntou com os dentes cerrados, a cabeça jogada para trás.

"Sim", disse Verônica, examinando a caixa novamente.

Ela ficou na frente dele novamente, os objetos em suas mãos.

"Quer usar sua palavra agora?"

"Uh, uh" ele disse, balançando a cabeça "não", movendo o colar contra seu pescoço. "Eu só preciso saber que essa possibilidade ainda existe."

Seu peito subia e descia com o esforço de controlar a respiração.

Mas por alguma razão estranha, seu pau estava duro como uma rocha, pingando líquido em sua cama.

Ela pegou o óleo de bebê novamente e esfregou um pouco em seu pênis inchado.

Ele se sentiu celestial e empurrou seus quadris para frente tanto quanto as restrições permitiram.

Rapidamente, ela o atingiu com a palma da mão aberta.

Ele gemeu e empurrou para frente novamente, incapaz de se conter.

"Está quieto." Ela ordenou, um pequeno rosnado em sua voz.

Ele assentiu, engolindo em seco contra seu pescoço.

Lentamente, ela colocou um anel de borracha preta em seu pau latejante.

Ele observou com espanto enquanto seu pênis crescia ainda mais, as veias projetando-se ao longo de seu membro.

Brilhava com o óleo.

"Puta merda!" Ele gemeu, desejando poder suportar.

Mas ele foi distraído desse pensamento, quando ela voltou para a caixa ... abrindo um pacote.

Agora que?

Parado na frente dele, ele segurava um objeto de borracha preta em forma de cone em sua mão.

Isso é algum plug anal?

Eu os tinha visto em lojas pornôs antes ...

Um estremecimento o percorreu.

Não ... oh inferno, não!

Ele começou a balançar a cabeça.

"Qual é Verônica ... De jeito nenhum ... não é o que eu acho que é ... é?"

Ele não conseguia tirar os olhos disso.

"É, Andrew ... É o que você pensa que é ... mas não o melhor que eu tenho. Você pode lidar com isso. Você ainda é virgem aí?"

Ela olhou para ele.

Ele acenou com a cabeça para a pergunta dela e então se sacudiu.

"Claro que estou! Você não pode colocar isso na minha bunda ... Vamos, baby, você não está falando sério! Está?"

Ele puxou as restrições.

Ela ficou quieta na frente dele, suas pernas cruzadas sexy, seu cu coberto em uma mão e o lubrificante na outra.

"Eu acho que você pode lidar com isso ... por mim." Ela disse calmamente.

Ele balançou a cabeça novamente, mas havia parado de lutar contra suas amarras.

"Para mim." Ela disse novamente, em um tom rouco.

Lentamente, seus olhos encontraram os dela.

"Você vai me beijar de novo?" Ele perguntou, sua voz trêmula.

Ele não conseguia acreditar que concordava com isso.

Foi tudo tão louco.

Ela assentiu, mantendo contato visual.

"Sim, com certeza vou beijar você de novo, se você fizer isso por mim."

"Tudo bem ... mas você vai parar se doer demais?" Ele se sentia desesperado e com medo.

Jogando o falo e o lubrificante na cama, ela subiu ao lado dele.

Inclinando-se, ela roçou os lábios em seu pescoço.

"Eu tenho você, baby." Ela sussurrou.

Ele acenou com a cabeça, tremendo, mas se acalmando.

Ele costumava dizer essas mesmas palavras para ela, muitos anos atrás, quando ela estava aprendendo a andar na garupa de sua bicicleta.

OK, ela se lembrava também, lembrava-se de quando as coisas iam bem.

Ele acenou com a cabeça novamente.

Verônica, ajoelhada na cama atrás de suas costas musculosas e bunda, admirou a vista.

Ela amava a aparência dele, amarrado nesta posição ...

Ele amava como ela se submetia aos seus desejos mais sombrios ...

Deixe-o usar seu colar!

Um arrepio percorreu seu corpo e ela acariciou sua bunda.

Ele ficou tenso, esperando.

"Relaxe ..." Ela murmurou, esfregando o ânus.

Uma vez feito isso, ela esfregou um dedo em seu buraco apertado.

Um forte tremor percorreu seu corpo enquanto ele gemia.

Retirando a mão, ela agarrou o lubrificante, espalhando-o em um dedo.

Ela distribuiu uma quantidade de lubrificante pelo lado de fora de seu buraco.

Um suspiro e ele jogou a cabeça para trás, apoiando o corpo contra as panturrilhas dela.

O espaço era apertado, mas ela ainda podia passar a mão por baixo dele, lentamente um dedo em sua bunda apertada.

"Ohhhh ..." Ele exalou em um gemido baixo.

Não era exatamente o som de desconforto.

Um sorriso se espalhou pelo rosto de Verônica enquanto ela passava um segundo dedo para dentro.

Outro gemido recompensou seus esforços.

Usando um pouco os dedos, ela trabalhou para relaxá-lo.

Ele se encolheu e se levantou.

Ela sentiu a entrada apertada ceder um pouco.

Esticando os dedos, ela agarrou o plugue em forma de falo, lubrificando generosamente seu comprimento.

Não era enorme, mas ela sabia que ele sentiria dessa forma naquela bunda virgem.

"Sente-se um pouco mais." Ela disse a ele, a mão na nádega de sua bunda para guiá-lo.

Ele silenciosamente seguiu suas instruções, seu peito arfando.

Agora com espaço para trabalhar, ela colocou a extremidade estreita em forma de cone contra o buraco.

Um pequeno rosnado quando sentiu a ponta úmida pressionando contra ele.

Ele apertou.

"Relaxe", disse ele de novo, "E sente-se bem".

Respirando fundo, ela tentou.

Rapidamente, o plug deslizou pela metade e com um empurrão rápido e forte, ele o empurrou para além dos anéis internos.

A base redonda e plana se acomodava confortavelmente entre suas nádegas.

"Oh, meu Deus!!" Ele gemeu ... "Merda! Então, tudo dentro!" Ele estava ofegante, tentando resolver o problema.

Batendo a bunda levemente, ela saiu da cama e foi até a mesa.

Ele pegou um par de prendedores de roupa e ela colocou um em cada mamilo.

Ele gemeu e tremeu.

De volta à cama na frente dele, Verônica passou as mãos pelos ombros e pelos braços musculosos.

Esfregar a barriga com os dedos sobre as gotas de cera.

Ele assistia, enquanto ela o admirava, amarrado assim.

Com a mão atrás da cabeça dele, puxando-o para mais perto dela, ela lhe deu o beijo prometido.

O beijo que ele ganhou.

Ajoelhando-se entre seus joelhos estendidos, ela deixou seu corpo pressionar contra o dele.

A língua dele explorou sua boca com um desejo tão apaixonado que ela pensou que ele poderia gozar ali mesmo.

O anel ao redor de seu pênis fornecia pressão apenas o suficiente para detê-lo.

Deus, ela tinha um gosto tão bom!

Uma corrente passou por todo o seu corpo enquanto ele sentia tudo tão agudamente ...

Sua língua encheu sua boca, sua bunda encheu com o plug, seu pênis inchado contra o anel, seus mamilos queimando e seu corpo amarrado.

Ele era completamente um escravo para seu prazer!

Engolindo ar, ele sentiu que poderia engasgar com todas as sensações.

Sua ereção latejante pressionada contra seu corpo.

"Por favor, Verônica" Ele implorou ... não tinha certeza do que estava implorando. "Por favor!"

Ela assentiu, beijando-o com força por mais um momento.

Então ela se moveu para o lado e lentamente começou a sacudir seu pênis lubrificado.

Varreduras completas da base à cabeça.

Sacudindo o corpo sob a mão, ele grunhiu e gemeu.

No começo foi incrível, e ela jogou a cabeça para trás.

Mas à medida que seu ritmo aumentava, ele se tornava opressor.

"Devagar por favor!" Ele implorou ... era demais de uma vez.

Ele tentou levantar a mão para impedi-la, mas a pulseira o impediu.

Ela continuou aumentando o ritmo, um sorriso malicioso nos lábios.

Sua mão deslizou ao longo de todo o comprimento de seu pênis, golpeando contra sua cabeça de cogumelo.

Era quase doloroso, seu pênis tão inchado por causa do anel.

Ele grunhiu.

Sua outra mão estendeu-se para pressioná-la contra um mamilo vestido e ele gritou.

"Hmm, tudo bem, sinta!" Ela sussurrou em seu ouvido.

Pressionando seu corpo contra seu quadril, ela o golpeava constantemente.

Apesar da falta de jeito em seu ritmo, ele sentiu a pressão crescer em suas bolas.

"Eu vou ... vou ..."

Seu corpo se arqueou enquanto ela tentava encontrar a liberação contra o anel.

"Você vai gozar agora!" Ela rosnou em seu ouvido.

Cabeça jogada para trás, quadris movendo-se dentro dos limites de sua escravidão, o orgasmo o atingiu.

Luzes brilhantes pulsaram diante de seus olhos.

Músculos cerrados com força e esperma quente pulsou em um arco.

Seu corpo se convulsionou e onda após onda de espesso esperma branco foi expelido dele.

Ela continuou a sacudir seu pênis até que a última gota foi expulsa de seu pênis fatigado.

Seu corpo parecia tão drenado quanto seu pênis.

A euforia tomou conta dele e ele se sentiu como se estivesse flutuando.

Com os dedos em seu queixo, ela ergueu sua cabeça e deu-lhe outro beijo na boca.

Então ela começou a desamarrá-lo lentamente, removendo os prendedores de roupa primeiro.

Esticando os membros, Andrew finalmente saiu da cama, as pernas ligeiramente instáveis.

Ele observou em silêncio, enquanto ela removia a roupa de cama e a jogava no canto.

Seu pênis, sem o anel, pendia mole.

Ele pensou que poderia dormir por dias ...

Mas ela estava tirando a roupa agora, suas curvas brancas nuas suaves à luz das velas.

Oh Deus ... fazia tanto tempo! E ela era tão linda!

O cabelo ruivo que caia sobre os ombros ...

Cachos vermelhos empoeirados cobrindo seu monte.

Sua boca encheu de água quando seu pênis ganhou vida.

Ela puxou o cobertor e os lençóis, deitando-se na cama.

Abrindo as pernas, ela correu uma mão sobre sua boceta molhada ... então a chamou com a outra mão.

Ele subiu na cama, seu rosto enterrado em sua boceta molhada.

Lembrando-se da flacidez em seu rosto, ele usou sua língua para cobrir seus doces sucos.

Céus !! Este era o lugar onde deveria estar!

Toda hesitação se foi.

Isso era algo que ele conhecia quase como um hábito ...

Como fazer seu corpo zumbir, como ele gostava de fazer.

Ele lambeu seu clitóris e chupou seus lábios.

Ela gemeu em resposta.

Três anos não poderiam apagar esse conhecimento.

Ele ergueu as mãos para esfregar seus seios e mamilos.

Desta vez, porém, ela já estava na metade do caminho para gozar quando ele começou.

Sua excitação já era profunda, alimentada por seus atos de submissão.

Com a boca aberta, ele pressionou a língua contra ela, surpreso com suas respostas.

Gemidos guturais escaparam dele.

"Droga, você é bom Andrew!" Ela disse, acariciando seus cabelos.

As palavras deram-lhe um choque de prazer e ele lambeu com mais entusiasmo.

Quando suas mãos se abaixaram para agarrar seu cabelo e seu corpo ficou tenso, ele sabia que ela estava chegando perto de chegar.

Ele não parou em seu trabalho, sua língua pressionando contra seu clitóris inchado.

E quando o orgasmo explodiu e ela engasgou, ele estava pronto para a ejaculação que saiu de sua boceta.

Isso nunca tinha acontecido antes!

Ela segurou a cabeça dele contra a dela enquanto ele bebia.

Uau, algo com certeza correu bem com a noite!

Ele olhou para seu corpo agitado com espanto.

"Continue lambendo!" Ela grunhiu e teve outro espasmo quando ele correu para obedecer.

Um terceiro e quarto orgasmo fizeram suas costas tremerem, recompensando seu esforço.

Finalmente, ela caiu para trás contra a cama com um suspiro exausto, puxando-o para se juntar a ela.

Beijando seu rosto molhado, ela pressionou seu rosto contra as mãos.

"Você está de volta para sempre?" Ela perguntou.

"Estou perdoado?" Ele procurou seu rosto.

"Sim, você é ... Mas acredite, você terá que ganhar novamente."

Ele acenou com a cabeça em compreensão solene em suas palavras, um olhar triste em seus olhos.

Mas então ela rolou sobre seu peito, pressionando-o contra a cama com seu corpo.

"Mas há outra coisa, Andrew. Como você pode ver, eu mudei. Tenho necessidades diferentes agora ..."

Ela olhou para ele, um olhar faminto em seus olhos.

"Se eu percebesse!" Ele disse, com uma risadinha, engolindo em seco.

Suas nádegas ficaram rosa, seu pênis empurrou contra sua coxa.

"Então, você vai ficar para coisas assim ... como o que fizemos esta noite?" A pergunta veio com um olhar sério.

Enterrando a cabeça em seu pescoço, ele acenou com a cabeça fervorosamente contra ela, muito envergonhado para encontrar seu olhar.

Seu pênis latejava.

Com um profundo suspiro de alívio, ela o apertou com força contra ela.

A intensidade de seu abraço falou mais do que palavras poderiam dizer.

Com uma crescente sensação de excitação, ele sabia de algo ...

Ele sabia que embora houvesse altos e baixos, seria mais fácil assim.

Muito melhor do que lutar ...

Deixe-o ir e deixe-o ser um escravo para o seu prazer.

HORAS EXTRA
ERIKA SANDERS

Entro no alto prédio de escritórios e aceno para o segurança enquanto vou para os elevadores.

Eu ligo para o elevador e espero que ele chegue.

As portas se abrem, entro e pressiono o botão do piso para o qual quero ir.

As portas se fecham, olho para o meu vestido e o aliso com as mãos.

Eu posso sentir o topo das minhas meias enquanto deslizo minhas mãos sobre meus quadris e coxas.

Eu tenho uma blusa de renda que segura as meias, então não há tiras para estragar a linha do meu vestido.

O elevador para sem problemas e eu saio.

Sorrio educadamente para as pessoas que esperam do lado de fora da porta e entro no elevador atrás de mim.

As portas se fecham e eu ouço o elevador que desce até o térreo, e então tudo fica em silêncio.

É tarde, quase noite.

Embora os últimos raios de sol ainda estejam fluindo pelas janelas, enquanto eu ando pelo corredor até o seu escritório.

Você não está me esperando.

Você nem sabe que estou na cidade hoje.

Eu chego à sua porta e fico parado olhando para dentro.

Lá está você no seu computador, digitando e concentrando-se na tela, sem saber da minha presença na sala.

Suas mãos hesitam nas teclas, sua cabeça se inclina para um lado e eu ouço você respirar profundamente pelo nariz.

Quando você começa a virar a cabeça, deslizo minhas mãos sobre seus olhos.

"Adivinha quem eu sou?" Eu respiro em seu ouvido.

"É realmente você?" Você sussurra surpreso.

Pego as costas da sua cadeira e a viro para mim.

"Olá carinho". Eu sorrio em seu rosto com espanto.

Você se levanta e me pega em seus braços. Você está perdido em palavras enquanto me abraça, posso ouvir sua respiração presa na garganta e me afasto para olhar você nos olhos.

"Eu não posso acreditar que é você ... você está realmente aqui."

"Eu disse que estava vindo." Eu respondi com um sorriso.

"Oh querida, é tão bom te ver." Você diz, enquanto enterra seu rosto no meu pescoço.

Seus braços se sentem tão bem ao meu redor, e você cheira a Deus.

Seus lábios contra o meu pescoço colocam beijinhos na minha boca, e quando nossos lábios finalmente se encontram pela primeira vez, sinto que estou em casa.

Nos conhecíamos há meses conversando on-line, nos conhecendo, o mesmo senso de humor bobo ...

Gostei da inteligência dele ...

Agora nós dois estávamos sozinhos.

Não vi motivo para não viajar para sua cidade.

E aqui estávamos nós, finalmente juntos.

Eu senti que estava me afogando em seus beijos, o calor percorreu meu corpo.

Empurrei você de volta em sua cadeira e estendi a mão para afrouxar sua gravata.

Lentamente, tiro minha gravata e a deixo cair no chão.

Em seguida, desabotoo os botões da sua camisa ...

"Não deveríamos ir para um lugar mais confortável?", Você pergunta.

"Eu não posso esperar tanto tempo." Eu respondo sem fôlego, enquanto tiro sua camisa da calça e levanto meu vestido para que eu possa montar em sua cadeira.

Suas mãos sobem pelas minhas pernas cobertas de meias, sentindo o contraste entre a blusa de renda e a pele macia das minhas coxas.

Eu ouço você gemer baixinho, enquanto fecho minha boca na sua mais uma vez.

Sinto sua dureza através de suas calças enquanto me movo em seu colo.

Sua mão alcança o zíper na parte de trás do meu vestido e eu posso sentir você puxá-lo para baixo até que meu vestido caia dos meus ombros e meus seios sejam revelados.

Com um gemido, você enterra o rosto no meu decote e chupa avidamente meus mamilos.

Agora estou me contorcendo no seu colo, pegando a cintura da sua calça e desfazendo-a.

Sem fôlego, levanto, deixando meu vestido cair no chão.

Eu não uso calcinha, então tudo o que me resta são meias.

Eu coloco você de pé, empurrando suas calças e shorts.

Você se senta e chuta suas roupas para fora do caminho.

Sua ereção é alta e orgulhosa, e eu caio de joelhos e a adoro com meus lábios e língua.

Suas mãos estão segurando os braços da cadeira, juntas brancas.

Eu ouço seus gemidos de prazer quando eu te chupo profundamente no calor da minha boca.

"Levante-se!" Eu ouço sua ordem e obedeço a sua ordem.

Você me atrai para você, enquanto se inclina para a frente e enterra o rosto na minha boceta.

Sua língua cutucando entre meus lábios raspados, lambendo meu clitóris e me deixando louca de desejo.

Logo estou gemendo de prazer, uma mão atrás da cabeça, empurrando você para mais perto de mim.

Eu não posso esperar mais, e empurro você de volta pelos ombros e abro minha boceta molhada e brilhante em seu pau.

Abaixando-me lentamente em você, seu pau me enchendo, cada vez mais fundo.

Um gemido escapa dos meus lábios, quando eu sinto você dentro de mim.

Seu rosto, mais uma vez entre os meus seios, quando começo a me mover lentamente para cima e para baixo.

Você se sente incrível dentro de mim, mas os braços da sua cadeira dificultam os movimentos.

Você pode ver meu desconforto e, então, gentilmente me para e sugere que mudemos de posição.

Você me faz levantar, e minha frustração é óbvia, preciso de você agora!

Você me vira e me dobra sobre sua mesa.

Então eu sinto que você está vindo por trás.

"Oh sim ... eu amo assim ..."

Seu pau duro me enche mais uma vez, e começo a gemer alto.

Eu ouço você chutar a porta para fechá-la.

"Não muito alto, querida ... No caso de alguém ouvir ..."

"Eu vou tentar ..."

Eu gemo enquanto mordo minha mão, tentando conter meus sons de paixão.

Lentamente, a princípio, você me empurra para dentro e para fora de mim, mas não demora muito para você começar a se mover mais rápido.

"Oh, por favor ... mais difícil ... foda-se ... eu ... mais difícil ..."

Suas mãos seguram meus quadris e você começa a empurrar seu pau na minha boceta molhada.

Os sons de nossos corpos batendo um no outro podem ser ouvidos junto com meus gemidos abafados.

Mais forte e mais rápido você mergulha em mim.

Eu posso sentir outro orgasmo se aproximando, meu corpo tenso em antecipação.

Quando você me bate, eu ouço você soltar o fôlego enquanto goza dentro de mim, as paredes da minha boceta se contraem ao redor do seu pau, e eu gemo de prazer.

Quando nossa respiração começa a voltar ao normal, sento-me e viro para você para outro beijo longo e longo.

"Oh querida, isso foi incrível ..." Você me diz entre beijos.

"Você também foi incrível." Eu sorrio e mordo gentilmente seu lábio.

"Agora estou morrendo de fome, você me leva para jantar ou o quê?"

FANTASIA:
BDSM E TRIO
ERIKA SANDERS

CAPÍTULO 1

Vestindo nada além de um casaco de pele, Susy entrou na sala.

Fred está amarrado à cama com as pernas abertas.

A emoção em seus olhos combinava com a ereção dura como pedra que ele estava mostrando.

Essa era a fantasia dela.

No aniversário, eles decidiram se dar a fantasia sexual escolhida.

Fred sempre quis experimentar a escravidão e, finalmente, teve a coragem de sugerir.

Para sua surpresa, ela não riu, adorou a idéia e teve o prazer de encontrar uma variedade de itens para escolher.

Os pulsos de Fred estavam amarrados à cabeceira da cama com cordões de seda.

Enquanto a observava caminhar lentamente em sua direção, ele não pôde deixar de cerrar os punhos e puxar suas restrições.

O casaco estava desabotoado na frente e, enquanto ele caminhava, podia ver os seios, o umbigo e os pêlos pubianos.

Pareceu levar uma eternidade para chegar ao final da cama.

Subindo na cama enorme, ela subiu o corpo dele.

O pelo roçou sensualmente contra sua pele.

Ela capturou sua boca com a dela, esfregando seu corpo contra ele.

Ele adorava que ela estivesse no controle total, mas não tinha percebido o quanto queria tocá-la.

Sua boca quente estava em sua ereção, chupando e lambendo, ele gemeu e seus quadris subiram da cama ansiosos por mais.

"Oh ... Susy ... você pode me desamarrar agora, deixe-me tocar em você."

"Oh não ... você fica amarrado."

Ela sorriu para ele, segurando suas bolas e deslizando os dedos atrás delas para massagear a pele sensível ali.

"Hmm, querida ... isso é bom, mas eu também quero te dar prazer."

"Oh, você vai."

Susy tirou o casaco de pele dos ombros e jogou-o no chão.

E com um sorriso maligno, ele se arrastou de volta para a cama.

Ajoelhou-se no travesseiro, um joelho de cada lado da cabeça de Fred e abaixou a boceta até a boca que a esperava.

Fred lambeu ansiosamente, quando ela se inclinou para frente e tomou sua dureza em sua boca mais uma vez.

Era difícil para ela se concentrar no que estava fazendo, porque sua língua a estava deixando louca.

Sensações doces percorreram seu corpo, até que ela começou a tremer e depois gritou quando seu orgasmo estremeceu em seus membros.

Ela se afastou dele e deslizou por seu corpo, e empalou-se em sua masculinidade rígida e expectante.

Ela ouviu Fred ofegar e se contorcer embaixo dela quando a umidade quente o envolveu.

Ela começou a subir e descer lentamente, deslizando para cima e para baixo por todo o comprimento.

Ela adorava senti-lo dentro dela, enchendo-a e esticando-a até o limite.

Ela se achatou contra ele com mais força, podia sentir a tensão em seu corpo recomeçar e começou a montá-lo a sério.

Cada vez mais forte, ela batia contra ele.

Ela sabia que ele estava perto, mas não podia chegar lá tão rápido só com isso.

Ele deslizou a mão pelo corpo dela e começou a ter prazer.

Brincando com o clitóris com o dedo, atingindo o orgasmo um momento depois de Fred ejacular dentro dela.

Deitou-se ao lado de Fred e desabotoou os cordões de seda.

Ele esfregou os pulsos e a pegou nos braços.

"Isso foi incrível", disse ele, segurando-a com força contra si mesmo. "Mas eu notei que você precisava ajudá-lo a alcançar o orgasmo novamente, não há nada que eu possa fazer para fazer você voltar enquanto estou dentro de você?"

"Você sabe", Susy começou hesitante, "há algo que sempre me perguntei."

"Diz." Fred disse: "Deixe-me realizar sua fantasia".

"Eu sempre me perguntei como seria se alguém comesse enquanto você estivesse dentro de mim ..." Susy hesitou, esperando que Fred recusasse.

Ele pensou cuidadosamente por um momento.

Fiquei surpreso com o seu pedido.

Teria que ser alguém em quem pudessem confiar, pensou.

"Você pode me dar um tempo?" Ele perguntou enquanto a olhava nos olhos. "Você terá que confiar em mim para encontrar alguém adequado, alguém discreto."

"Sim claro." Ela ficou surpresa que ele concordasse com seus desejos.

Fred entendeu completamente.

"Ok Susy, você cumpriu minha fantasia, agora eu cumprirei a sua".

CAPÍTULO 2

Cerca de uma semana depois, Susy chegou em casa e descobriu que Steven estava visitando.

"Oi Steven, o que te traz aqui?" Susy o abraçou calorosamente; ela sempre esteve perto de Steven.

"Ei, baby, isso estava acontecendo e pensei em ver como vocês dois estavam indo."

Eles fizeram um chá para os três.

Eles assaram marshmallows no fogo e Fred insistiu em fazer sanduíches de manteiga de amendoim e geléia.

A noite foi divertida e os três consumiram duas garrafas de vinho.

Eventualmente, Susy disse que estava pronta para ir para a cama e, quando disse boa noite, não notou o olhar que se passava entre Fred e Steven.

Ele se despiu e deslizou entre os lençóis.

Fred se juntou a ela e a abraçou e começou a acariciar seu corpo.

Sua cabeça estava girando com álcool e desejo, e logo eles se beijaram apaixonadamente, Fred acariciou seus seios e chupou seus mamilos.

Susy agarrou-se a seus ombros pedindo-lhe que continuasse.

Os dedos dele mergulharam nas dobras dela, espalhando a umidade e sondando por dentro.

Ele podia sentir-se correndo, se aproximando de seu clímax, e então Fred foi embora.

"Não ... Fred, não pare ... por favor ..."

Fred a parou em cima dele e a derrubou em sua ereção.

Susy ofegou quando ele a encheu com seu pau.

Em sua frustração, ela começou a esfregar contra ele.

Ele queria tanto gozar que começou a soltar a mão, mas Fred pegou a mão dela e a segurou.

Ela abaixou a outra mão e ele a agarrou também.

"Fred, não, você não sabe o que isso está fazendo comigo ..." ele implorou.

Fred estava determinado a permanecer no controle pelo tempo que fosse necessário.

Susy estava pressionando contra ele, ela estava tão perto, mas ela precisava de algo mais para empurrá-la ao limite.

Frustrada, Susy não ouviu a porta do quarto se abrir e Steven entrou silenciosamente na sala.

Ela não estava completamente ciente dele até sentir as mãos atrás de seus seios.

Ela ficou tão chocada que congelou e se virou para encontrar Steven nu atrás dela.

"Steven!" Ela ofegou quando as mãos grandes dele apertaram gentilmente seus seios.

"Estou aqui para ajudar a realizar sua fantasia, bebê." Ele sussurrou no ouvido dela.

Sua voz enviou calafrios pela espinha.

Fiquei empolgado com a ideia, mas também nervoso.

Eu nunca fiz nada assim antes.

"Ok, Susy, apenas aproveite." Solicitado Fred.

Quando os dois homens a incentivaram a se deitar, Steven apertou os seios em suas mãos e começou a lamber e mordiscar neles.

A surpresa da chegada de Steven abafou sua excitação, momentaneamente.

Mas agora ele estava criando um novo fogo dentro dela.

Fred ainda estava enterrado dentro dela, enquanto Steven lambia seu corpo.

Ele mergulhou em seu umbigo antes de afundar mais fundo.

Susy estava deslizando muito lentamente pelo membro de Fred, e quando a língua de Steven alcançou seu clitóris, ela pensou que ia morrer de prazer.

Fred deu um sobressalto. "Oh!" quando sentiu a língua de Steven na base de seu membro.

Foi completamente inesperado e incrivelmente emocionante.

Steven continuou a lamber Susy, mantendo um ritmo perfeito com seu relacionamento sexual.

Susy estava louca de desejo; ela nunca havia sentido algo assim antes.

As sensações foram tão intensas.

A língua especializada de Steven estava em seu clitóris, e Fred estava quente e duro dentro dela.

As duas sensações combinadas foram explosivas.

De repente, Fred estava empurrando em sua direção, e Susy estava gritando com seu orgasmo.

"Sensível demais ..." Susy murmurou enquanto puxava a cabeça de Steven.

Então, trouxe Fred ao seu clímax.

Susy caiu sobre Fred ofegando e suando no calor da paixão.

Susy olhou timidamente para Steven e percebeu sua excitação latejante.

Ela sussurrou no ouvido de Fred e ele assentiu.

"Deixe-me te ajudar com isso." Susy disse antes de tomá-lo na boca.

Fred viu sua esposa chupar o pau de Steven em todo o seu comprimento.

Ela o puxou fundo, pegando tudo o que podia.

Então um ritmo começou, dois rápidos e rasos e um profundo e lento, ele passou as unhas pelas coxas dela e as sentiu tensas.

Logo ele entrou em sua boca quando ela engoliu o mais rápido que pôde.

Fred achou incrivelmente emocionante vê-lo, ele ficou duro novamente em pouco tempo.

Então, imediatamente, eu quis fazê-lo novamente.

Rolando de costas e empurrando seu pau dentro de Susy quando Steven saiu da sala.

FIM

67